爺爺的育嬰日記

序．黃時得

當年哲哲出生時，因為我們夫妻倆都在工作，身為父親的我不想把孩子送去托嬰，任性地以為年邁的父母可以幫忙，就把孫子丟給老爸老媽，請他們幫忙照顧，待半年後申請的外傭到來，再把孩子帶回家。

母親說過，她生家裡的四個孩子時，父親正忙於事業，所以完全沒參與到照顧孩子的階段；這次照顧孫子，是他的第一次。

母親、父親分別於2009、2014年過世，在父親過世後，我在家整理他的遺物，從眾多文件中，看到父親許許多多令人驚訝的東西—報稅的資料、參加詩社的刊物、我們孩童時的照片、很多各式各樣的筆記；即便參加旅行團，導遊介紹的旅遊國歷史，他也是勤做筆記，讓人詫異。

其中最令我驚訝的是，有一本日記—育嬰的日記，照顧孫子哲哲的日記。

我的父親是個飽讀詩書博學多聞、幽默風趣的老派文人，從事頂尖的金融工作卻擁有各式各樣的興趣運動與蒐集品，家裡有著許多書籍、古鈔、古錢……。在他晚年時，常跟我說他想寫幾本書，直說很多人生經歷再不寫下都快忘記了。我當然是舉一百萬個贊成，沒料到他後來中風，傷及頭腦，再也無法完成他的心願。

一本父親寫下的書，沒有辦法完成；於是我想到了這本日記，是給親愛的孫子的，我想把它印成書，完成父親出書的心願，也留下家庭的一段記憶。

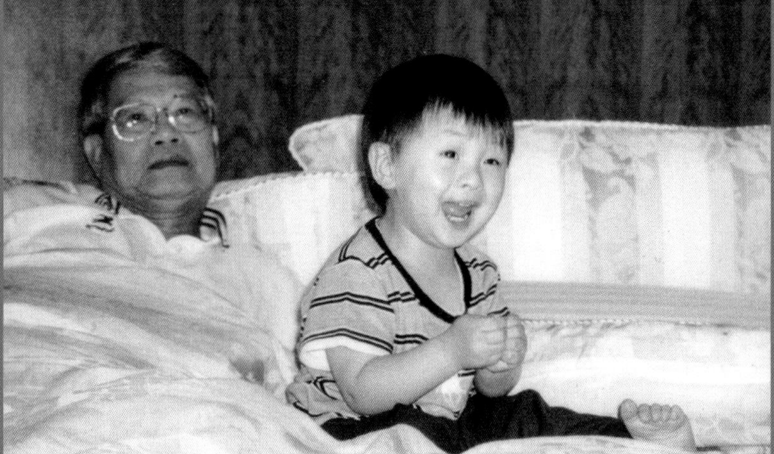

哲哲七月十二日出生，八月初來到爺爺奶奶家，爺爺從八月八日寫下了第一篇。

八月八日 星期六

下午十一時半，哭醒，泡牛乳 120cc，吃 40cc 剩 80cc 睡，爸爸節，紅阿姨夫妻回來共吃晚餐。

八月九日 星期天

上午一時哭醒，發現大便，換尿布洗屁股，泡牛乳 60cc 吃了 20cc「剩下 40cc」抱著拍背哄睡哭停，冷氣 24°。六時十五分入睡放下娃娃床上，四時四十五分哭，餵奶 50cc，平躺睡偶而伸縮四肢，喉嚨中發出「伊呀」之聲。

上午七時醒來哭即泡奶餵吃 85cc，今日你祖父與爸開車送彌月禮給親戚。早上明月堂先送來日式甜食，隨著到租用之停車間開車往昌吉街取油飯，

這家油飯之家門面很小，早上兼賣早餐。原訂的十時取貨，但到達仍未準備好，說油飯要等十一時才能交貨，我們二人停車附近之三德飯店對面，步過馬路到三德飯店之大廳等候，這家旅館看來似專營日本團體觀光客，廳內來往旅客大多為日本人。

彌月禮先送三重埔四位阿舅家，此外秀萍姑和車床阿姨各一。接著上高速公路駛往六堵二伯公家，回頭到小姨婆再到大伯公家，再往板橋曾家。晚上加買一瓶洋酒送一份給七樓陳任遠叔叔池曼阿姨，他們是爸媽的真正媒人。

八月十日

星期一

爸媽共同去送爸辦公所同事與媽樂團朋友共四十一份，另外媽買些蜂蜜蛋糕送給交情較普通之同事。

八月十一日

星期二．晴

九時二十分，股市已開，不久鄧蓮英阿姨打電話來，祖母把你交給祖父抱，你不肯，哭鬧，似有肚餓之現象，祖母泡牛乳 40cc 餵你，哭聲立停，祖母與幫傭陳太太談妥，加長時間每日來家幫忙，星期二、五二天陳太太仍有他二處之清掃工作，同意不更動讓其繼續，其餘時間統歸我們，工價每月二萬四千元，牛乳 40cc 吃完後不久又哭，祖母再泡牛乳恐怕你沒吃飽。

八月十三日

星期四

下午媽帶你去仁愛醫院打 B 型肝炎預防針，外面下好大的雨，早上睡很久，醒來吃牛乳 90cc 抱起來體重增加不少，外公今天也抱了你，有了同樣的感覺，原來準備給照乙張像，因為你哭了就作罷，你媽說打針時你哭了一聲好大聲，心很痛。

媽在三時多就在大雨中撐了傘找計程車趕回愛國東路家教學生，祖母給她帶回一小包炒米粉可當晚餐。

體重 4.5kg 身高 55.5cm。

晚上，媽給你照像。爸抱你坐在沙發上，依主治醫生黃瑞仁之建議指示，安排爸星期六晚上住進醫院星期一下午作心導管檢查，爸回來告訴家人醫師之決定，媽擔心哭腫了眼睛，因為爸說去年作過三次檢查，這是第四次有些心怯。

八月十四日
星期五．晴

早上五時二十分醒來吃乳，幫傭陳太太八時四十分來家打掃。

下午三時半，雷聲大作，下大雨，不久 Baby 哭吃了牛乳又睡，五點半再吃牛乳，拉屎，媽七點回來，今天下午躺在太師椅上很安穩。

八月十五日
星期六

今天哲爸休息沒上班早上就來看娃娃，奶奶七時多餵飽娃娃後為她弟弟看醫生之事往國泰醫院，十時半才回來。

哲爸明天要做心導管檢查，今天哲媽陪哲爸先住進台大醫院 130 號房。

八月十六日
星期天

上午奶奶和小姑去給你買回嬰兒車花八千多元，上午大姑時偉從美國來電探聽你，你表姐多多索你 Pic 乙張。

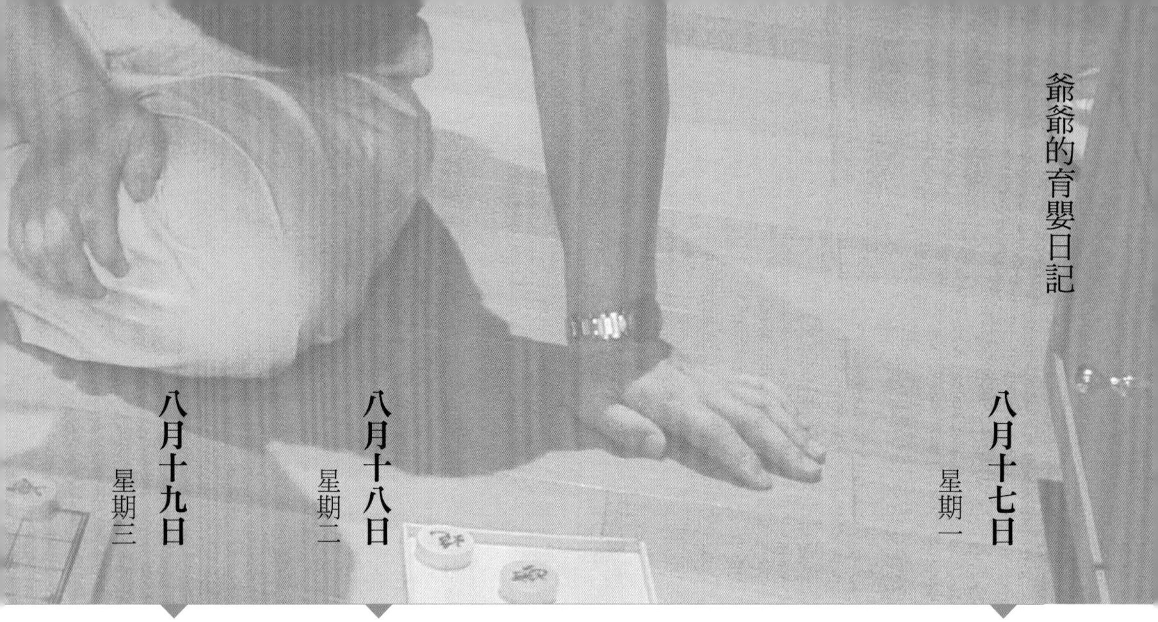

八月十七日 星期一

今日下午爸做心導管檢查，有二條冠狀動脈有阻塞現象隨之做氣球擴張手術，其中一條，並且裝了金屬支架以防血脈再度萎縮，手術完成後進加護病房觀察一天，媽逗留在加護病房少許，買了一些食物飲料留給正在閉目休息的爸後回愛國東路家休息，爺爺回基隆路家。

五時多媽再回台大醫院照顧爸吃飯後，七八時光景回基隆路家看你Baby 兩頭跑太辛苦了，媽很耽心爸如此三次二次的做手術，奶奶說，現在醫學發達，氣球動脈擴張手術並不是太大之手術，如果需要還可做繞道手術，奶奶本身作了同樣之手術快十年了仍是很健康。如此安慰媽不要過份耽心。

八月十八日 星期二

今天爸從加護病房轉出普通病房，手術後療效平順，預定後天星期四出院。

八月十九日 星期三

奶奶今天早上到國泰醫院找醫生開傭用外勞所需之診斷書，陳瑞雄醫師慨然允諾，奶奶為順利得以進行，非常高興，明天再往國泰醫院掛

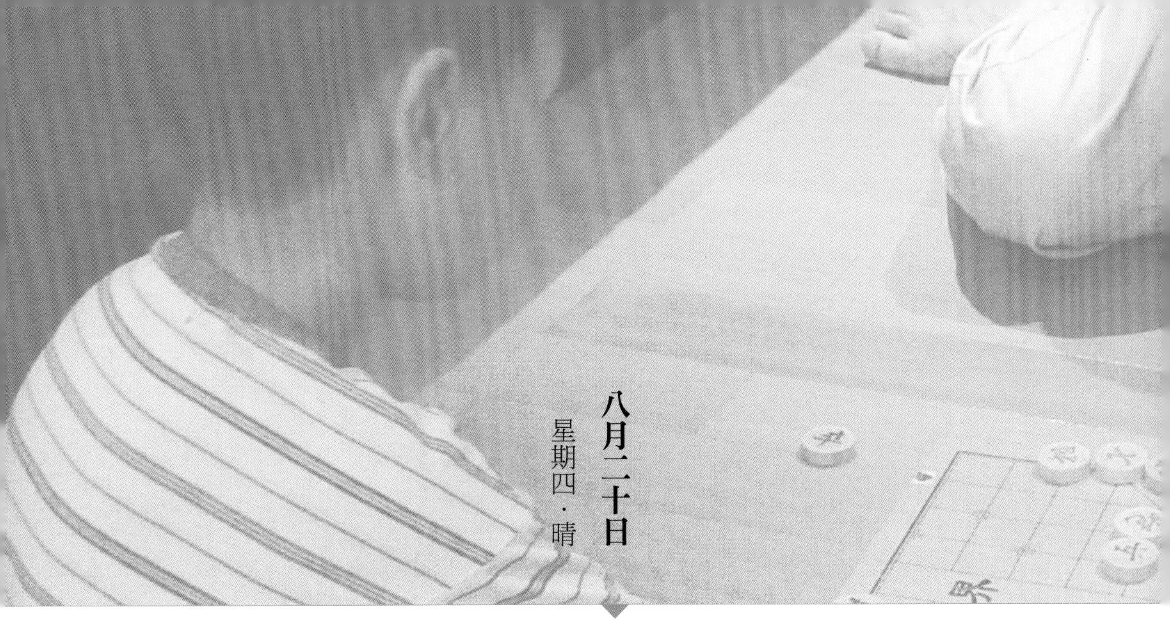

八月二十日

星期四．晴

了號即可取得所需之診斷書，小姑負責申請傭用外勞之後續，大概需要五六月之時間，奶奶年紀已大，單獨照護你 Baby 怕會過勞，何況奶奶開過刀，心臟不好，要女傭來幫忙，把你送出外面讓育嬰專人二十四小時看管，心不忍，Baby 這二天嘴角稍露笑意，一天比一天可愛，吃奶食量也增加一次可吃 60cc-90cc，也不比剛從醫院抱回來那二天哭個不停，吃飽換了尿布，睡眠時間也多了一些，上午姨婆（碧雲）來訪。

六時醒來泡乳吃，雙頰飽滿似長大了一些，睡相雙唇緊閉有聰明樣，頭髮也長了，黑色漸濃。

早上下了一場雨，股市結束不久，爸打電話來報告，剛剛出院回到家來。一共付了八萬多元。

下午向附近之廣東燒臘買了一份三寶飯給奶奶吃，我買了二個麵包充午餐，二時奶奶走出家門到國泰醫院拿醫生之診斷書，臨走交代爺爺，大概要二個鐘頭才能回來，這中間要是哲哲醒來泡 90cc 牛乳餵哲哲，一次如果吃不完，剩下的泡在熱水中保溫分次餵，今天尚未拉屎，可是不一定就會拉屎，有時二天才會拉一次，拉屎時換尿布要擦屁股，較麻煩，男人做的比較不純熟。

二點四十五分醒來，小哭，泡牛乳 90cc 吃剩 30cc 光景，順便換了尿布，三點多一點奶奶回來。洗了手，接過去抱。過一些放下嬰兒車，逗你玩，過了一會兒剩下的牛乳也吃完，五時又餵奶，六時半和媽通電話，爸裝了支架後，要服藥防血栓凝結杜塞血流。此種藥服用後百人中有一人會有副作用，也就是白血球之降低以致免疫系統受損，所以要注意感冒不癒等現象發生，小姑來電，今天晚飯後才能回來。你父母也在晚飯後回來，奶奶爺爺到夜市買便餐充當晚飯，五時七時餵奶晚上爸媽八時左右回來，當時你還在睡。媽報告爸的醫療與健康狀況，十一時餵飽你才走，餵奶 120cc。

八月二十一日

星期五

早上幫傭陳太太來打掃家。

二姑自新竹回來，抱你逗你笑，奶奶說她很會帶孩子。二姑說你這幾天沒見，你長大很多了，二姑中午參加 BNP 的聚餐下午回來幫奶奶照顧你，原來打算六點就要走的，為你延長到吃了晚飯才走，奶奶說有二姑在輕鬆多了，能空出手來燒燒菜，好幾天一直買便當吃，今晚燒了好幾道菜，有一道鹹菜湯，二姑稱贊很好吃，等二姑回到新竹打回電話來，你已經睡著了，時間也已晚，鐘指十一時半，不久小姑也回來，小姑今晚副總請客，為送調出信用卡部往南部去的經理送行，小姑說，自從董事長之二小姐進來以後，銀行的人事與指揮系統大亂，似也有倦勤之意，如一時找不到新的工作，願意休息一、二個月，學校畢業就進了慶豐銀行連續不停的工作了七年，很想稍作休息，作作旅行把身心放鬆也很好，小姑給奶奶也談她的好友游凱婷與林怡欣的近況。小姑躺在奶奶的床上談，奶奶坐在椅上，傍邊就是你的小床，你睡的很熟，小姑聲音壓的很低，怕吵醒你，奶奶聽的小姑外面消息覺得津津有味。一時多泡了60cc牛乳吃的淨光。

八月二十二日

星期六

今早你哭醒時剛六點，奶奶在廚房洗衣服沒聽到，爺爺抱了你起來沒多久，奶奶才過來泡牛乳120cc，因為你先醒，哭了才泡牛乳喝，脾氣有一些不好，吃剩了30、40cc就不吃了，剩下的泡在熱水當中，留以後補出，奶奶說平常會預計你醒來的時間，預先泡好牛乳等你醒來，或半醒時喝，你就喝的多，不然你一醒來，肚子餓，脾氣就壞，吃了一半就不肯吃了，很愛人抱，抱了坐下來也不好，要人抱你，要站起來到處走，要睡前也脾氣較不好，愛哭，二姑笑你假哭，沒眼淚，你爸昨天工作累了沒來說今早會早一點來，小姑昨晚說今天要用車子，大概今天有事要外出，今天早上吃完奶很乖，躺在客廳嬰兒車上閉目平躺睡，偶偶伸伸四肢，小姑說怕你太熱，建議奶奶給你少穿一件，看你洗澡時背後紅紅，似長痱子，今早在客廳嬰兒車，爺爺把蓋在身上的一件毛巾拿開，你身上只穿一件長袖衣服。

八月二十三日

星期天．晴

今早爺爺去新豐球場打球，爸媽就早一點回來幫奶奶照護你。直到晚上爺爺九點半倒了垃圾以後，把你交給奶奶才走。爸媽二人今天為你換尿布，泡奶，哭了又要抱，洗澡等，媽怕爸手術後太累不敢讓爸多抱你，顯得瘦累不堪，頻頻在沙發上閉目養神，爸媽二人走了以後，你又大哭一場，歷經一小時多，尿布也換了，吃也不肯吃，不知什麼原因急壞了，奶奶打電話到愛國東路問媽洗澡時有沒有什麼異常現象或嚇到了。奶奶又信神，抱你「佛公」前，口裡念念有辭求佛保佑你，又爺爺到藥店買「萬金油」依古老傳統，老人家說有不明原因嬰孩哭鬧可把「萬金油」塗少許在小孩肚臍上，可能有效。等爺爺敢忙自通化街藥舖買回「萬金油」，你已經忽然就不哭了，據奶奶說，你喉嚨有「咕嚕」很大聲，似把奶吞進的聲音，以後就好了，可能牛乳喝太多，噎住在喉嚨沒有真正吞下去，你難過所以哭那麼大聲，哭聲也和平常稍不一樣，兩手直在奶奶身上抓。吃乳時娃娃身體多應該不要橫抱，應稍豎直喉嚨才可以暢通，六點到十一點多應該餓的很厲害，泡了90cc牛乳吃光光，再喝一些淨水，才睡，奶奶和爺爺傍晚到通化街「麗嬰房」替你買一些衣服可替代。還有一副洗奶瓶的工具。

八月二十四日

星期一

今早六時許有醒過來的動靜，稍哭，爺爺把你從床上抱起來，奶奶就從廚房趕過來，給你泡奶喝90cc，九時爸來電話，問起你昨晚大哭大鬧的經過。

早上把你放在嬰兒車推出客廳，電視上邊看股市盤邊搖你嬰兒車，有時也把你抱起繞客廳走。全球股市都不好，台股跌破七千，創新低點，中午奶奶燒麵線吃。

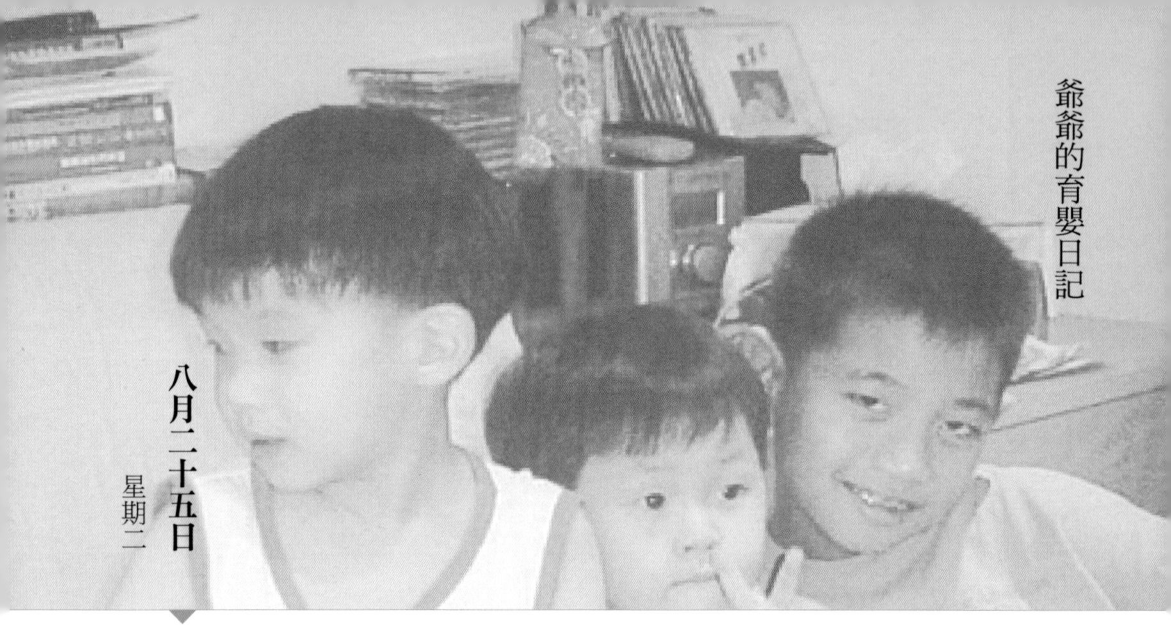

八月二十五日

星期二

國民黨內為「精省」事，中央與省方吵鬧不休，台北市長之選情，日益升高，美國政府為回教恐怖份子「賓拉登」之宣戰，相互放話要報復，日本股市又跌，也創新低，新台幣之進價 37-～38-，大陸人民幣貶值之壓力日增，加上水災影響，經濟情況亦不甚好，小姑已經辦理雇用外籍勞工之申請，並且與奶奶去仲介公司看錄影帶選定了菲籍女傭，大概有二個月左右就能來台。

媽晚飯前就回來看你，等爸下班吃完飯就和奶奶二人替你洗澡。

九點半，垃圾倒完回來後，爸媽兩個趁你在睡覺就回去休息了，十時十分又醒來，奶奶叫爺爺泡 60cc 吃完，似沒吃飽再泡 30cc，可是你就不吃了，只好抱你哄你睡。

與昨晚一樣又哭鬧，不知什麼原因，過了午夜鬧了大約一個多小時才入睡。

今早幫傭來家打掃，股市結束前一些，爺出去辦事，五時許才回來，奶奶一人在家看顧娃娃，中午吃飯都沒空手可以吃，晚上爺出去臨江

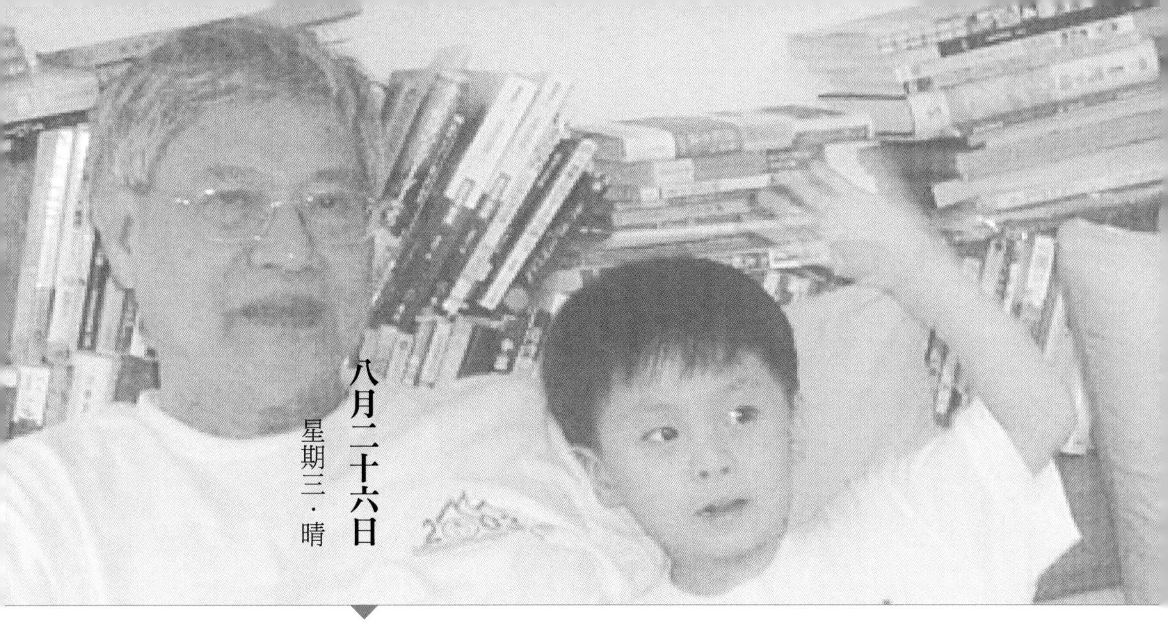

八月二十六日

星期三．晴

街夜市買豆皮壽司與味噌湯給奶奶吃，爸來電話，今天累了不能回來，幸虧今天沒哭鬧十一點十五左右泡了 60cc 牛乳吃剩下 10cc 左右就睡著了，十二時聽到你哭聲爺爺起來，只給換尿布。奶奶在睡未曾醒過來，抱了一下搖一搖，換了尿布後就不哭，然後眼睛張了很大沒有睡意的樣子，又不停的打嗝，繼續了約有十分鐘才停，使人有些耽心，可能嬰孩正常之現象，再過一些又有哭聲，奶奶才起來到客廳把 Baby 抱過去，抱了搖了十二點五十快一點才入睡。

今天廠商來換尿布，前些買回的尿布不粘，換尿布不方便，小姑打電話投訴，今天廠商由快遞送來替換另一批，小姑今天因八月二十七日生日，同事請吃飯，喝了不少酒，有醉意。

昨晚凌晨三時吃 60cc，早上六時半吃 50cc，八點半，奶奶出去到國泰醫院陪她弟弟看病，因為最近他消瘦很快，有肝病之嫌疑，二姑打電話來說即將回來，剛好可以補上奶奶不在之缺，幫爺爺看管 Baby。二姑還沒吃早餐，奶奶吩咐，二姑回到家，要幫她買早餐，讓她暫時看你，客廳把電扇關掉，冷氣開 25°，今早躺在嬰兒車，除偶而伸伸腰外，相當平靜又乖。張太太來拿舊報紙，閒話她女兒八卦新聞，二姑今天回來，馬上把你抱起，和哲哲似很有緣份，媽晚飯前回來，爺爺、奶奶、二姑在吃晚飯，媽一人抱你，二姑和奶奶今天替你洗澡。昨天沒洗，二姑說你很臭。

今晚你睡前又哭鬧一番。

八月二十七日

星期四．晴

八時二十分吃80cc。奶奶去國泰醫院，把你交給爺爺，小姑今天沒上班，幫照顧你。

十時四十五分哭，乳瓶裝了些水餵你，喝了二口，你就不喝了，泡了牛奶90cc，你也不吃。哭鬧不停，小姑伸手抱了過去，你馬上就不哭了。十二時奶奶回來。吃奶60cc，下午三時又吃90cc，五時四十五分吃80cc。晚上二姑從辦公廳回來，準備和奶奶一起給你洗澡，偏偏你又睡了，只好先讓你睡。可是睡很淺，不久又醒了，晚上九時泡90cc，小姑去辦公廳切生日蛋糕。後參加生日晚餐。奶奶二弟住院。

八月二十九日
星期六

今天爸媽在浴室給娃娃洗澡時，奶奶正在廚房，不知怎麼爸爸沒抓緊，娃娃滑溜溜的身體滑進了水裡，媽一陣慌亂，大叫「媽咪」。在廚房的奶奶也嚇了一跳不知出了什麼差錯，趕忙跑過去原來是這麼個不打緊的事情。這幾天港府與國際投機客大打股價戰，熱鬧非凡，台灣方面也戰戰兢兢不敢掉以輕心，準備小心應付狙擊。

八月三十日
星期日

今天是禮拜天，爺爺一大早即約好朋友到新豐去打球，爸媽二人都回來看顧你，一直到晚上九時才離開。

蘇聯因盧布的激貶，政權極其不穩定。「經濟學人」雜誌評論亦不看好，買「財訊」雜誌注意國際金融動盪，美股也續跌。晚上雨大。

八月三十一日
星期一．雨

奶奶八點半過就到國泰醫院去看她二弟，聽說有肝癌之嫌，一家人都很緊張，希望是良性腫瘤，奶奶預定十時回來，六時剛吃奶，應該不致餓醒，十時醒過來，泡了 120cc 準備餵奶，可是哲哲放到嘴邊都不吃，只好再泡在熱水中，等餓了再吃，昨天問哲媽，「小孩多大就可以開始學鋼琴」，媽媽說，「大概五、六歲就可以」。奶奶十時二十五分回來，她把你從爺手裡接過去抱，並把剛才的乳餵你吃了大約 100cc 剩下 20cc，你半閉眼睛似睡未睡。

「台鳳」跌停 885 破底。國壽 97- 也破底。

哲哲頭頂上之頭皮皺皺看似皮膚病，奶奶說，「台語叫『神屎』大的一個月就會好，哲哲看，好像慢一些」奶奶又說：「希望你側睡，頭型才不會扁扁難看。」

「哲哲」表情很酷，奶奶說：有男樣，很少笑，愛皺眉頭，尤其左眉頭皺很深。

二時 30cc，四時四十分 60cc，下午自二時吃了牛乳後一直睡到四時三十分第二次之吃乳，吃完乳就四肢飛舞，手舞腳踏，腳踏如踏車。手上套有手套怕指甲抓傷臉頰。日本 NHK 報導，北韓試射飛彈越過日本上空落入太平洋，日本危機意識升高。香港股市大挫 554 點，台股跌一八○多點，為防索羅斯之炒股匯市，各報紛紛登有關評論消息。

九月一日

星期二・又雨

今早奶奶七時多就到國泰醫院，到十時才回來，娃娃似認得奶奶，馬上伸手讓她抱過去。

美國紐約股市大跌五百多點，台灣也跟著滑落 6335，日本跌破 14000 點（上午）。二點吃牛乳 90cc。

媽今午五點多回來，娃娃第二卷的照片已洗好。今天再加洗一份。

九月二日

星期三・晴

今早爺爺七點多就到國泰醫院去看奶奶的弟弟，見了楊醫師聽了病情之發展以及將來之醫療計劃，中午又有午餐之應酬，約在松江路之「金玉滿堂」餐廳，所以今天只有奶奶一個人看顧娃娃，沒人替手吃午飯都空不下手來吃。

晚餐小姑回來說，想吃「吉野家」之套餐，爺爺去買回了三份。小姑先吃完，聽到你哭先去抱你，在客廳順著中間之矮桌繞圈走，娃娃還很聽話，可是小姑一停下來坐，Baby 就不依吵鬧。小姑說，奇怪這麼一個小 Baby 怎麼曉得我坐下來呢？想試著試著，結果累試不爽，所以到了結論，Baby 所憑持的大概是高低。

奶奶今天累了爸媽今天也沒回來，就沒給「哲哲」洗澡，放在嬰兒床讓躺著，並且首次放了嬰兒玩具上的嬰兒音樂，奶奶笑起來趕緊叫小姑來看，說 Baby 有反應，會聽懂音樂的樣子，晚上你睡前又哭鬧，我又試放了音樂，果然你就靜下來，手舞足踏，口中又發聲音「嗚，嗚！」，似聽得懂，安靜維持，一二十分鐘之久。

九月三日

星期四

今早奶奶又到國泰醫院去看她弟弟去，在家裡爺爺一個人看著你，幸好你躺在客廳嬰兒車上安祥的睡著，偶而會手腳動一動而已，因為嬰兒車稍有傾斜，動呀動呀就會滑一點下去，有時久了不注意兩條光腳已經滑出嬰兒車外了。客廳開著兩支電風扇，怕你受涼，肚子上面蓋了一條毛巾，又怕太熱生痱子。

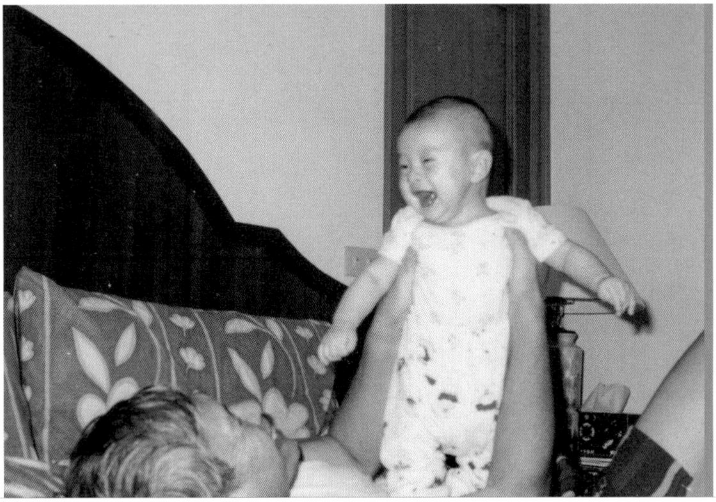

昨天股市受美國紐約股市之回檔之激勵上漲了140點，可是今早一開盤又跌了將近100點，紐約昨天道瓊跌45，東京今早跌84台股買進賣出張數約差400000張，賣出多，跌勢似尚未停止，看尾盤是不會拉回一些，香港「恆生」不到十時還未開盤，開盤後只有幾分鐘成交值140億相當大。

九時十七分醒來哭，早上六時吃了90cc現在時間也差不多了，先泡好90cc牛乳換了尿布，餵你吃了幾口你就不吃了，怕你牛乳沒完全吞進去，抱了你，拍你背走了二圈，再餵你，過了幾分鐘，電話聲響，不得不中斷，原來是奶奶大弟弟打來找奶奶。掛了電話再餵你乳嘴，你就不吃了，一些就擱上了眼皮。抱抱起來走了二圈，輕輕把你放下嬰兒車，你嘴微開，一下下一模突然的像笑了起來，吃剩的牛乳大約30cc，從水龍頭倒了熱水把牛乳泡起來，等下次醒來時可以吃，九時四十分股價跌更深跌140。十時五十分奶奶回來，看你在嬰兒車上安靜的睡著覺得很安慰，樓下小公園裡樹下，有閒著的家庭主婦們集體在跳山地舞，唱片聲傳到我們家來，還有拍手聲。

香港「恆生」開盤跌30，東京「日經」跌144。台股跌161。台積電

58.5 跌 3，寶來 23.7 跌 0.9。

奶奶在房間裡，自她弟弟的重鉅公司帶回工作，在製薪水表，她大弟說薪水是祕密事非要他大姊奶奶做不可，奶奶忙也無可奈何，幸好這只是每月需要二三小時即可完成的工作，不大繁重。

股市收盤大跌 220 又創新低 6215 台積電跌停 61.5。

晚上爸媽在台大醫院做過例行之每月檢查後，回來替「哲哲」洗澡。

媽媽說：一天沒有看見，好像臉形又變了，嬰兒的成長真快，她又說要拿「哲哲」的最近照片給外婆看，外婆做生意很忙沒時間來看 Baby，外公在仁愛醫院工作，上次去打預防針時看過了，可是也快有一個月了。外婆在醫院裡「哲哲」出生時看過以來，就沒看過，可能不認得了，下次之預防針預定十月十一日星期五，明天媽媽會寄三張「哲哲」的照片給美國的表姊與表哥，「哲哲」有一點長的像表哥「曾羽堅」，他的英文名叫 Eugene，算術能力很傑出。「媽媽的姊夫的媽媽」有癌要開刀。

九月四日

星期五・下午一陣雨

今早五點「哲哲」就醒來，奶奶餵飽了奶把「哲哲」放在大床上肚皮上蓋了棉被，到廚房工作去，到了九點一過，她大妹「碧雲」打電話來催她去國泰醫院看她弟弟（算哲哲的舅公）

昨天紐約道瓊跌100點，東京早上九時十九分跌128點，台灣股市有昨天政府發布之股市三項激勵政策，情形稍好，指數9:00漲55點，昨天「台積電」跌停板57.5也創新低。「奶奶」初生之犢不知虎，買進了五張，看了「友訊」夠低了，也叫小姑買進五張價80。

今天二姑紅紅在與以前的銀行同事（BNP）有午餐之約，繞道回到家裡來。抱抱「哲哲」哄哄，餵奶。奶奶臨走記下五時吃，到了十一時多泡了牛乳，還不肯吃。中午碧雲姨婆帶便當來家裡，二姑剛好可以離赴約。二姑說：股市崩盤，姑丈的「台積電」之現值激減等於少了二部「賓士」汽車，大約新台幣三四百萬元。有了八十張台積電跌了每股50，就是四百萬。今天股市上漲211點，可是大家還心怕怕。

昨天買了一些蛋糕回家準備晚飯後吃，爸吃了一塊，媽產後怕體重繼續增加下不來，不敢吃，原來她飯後是很喜歡甜食的。

下午爺爺有事出去，由奶奶一人看護「哲哲」。

晚上爸爸回來，和奶奶二人交替「哲哲」洗澡，拍痱子粉，HBO在演「大白鯊」第二集。

今晚爺爺在抱你時，不自禁打了一個大噴嚏，因為聲音太大加上身上也激動了一下，驚嚇了「娃娃」，突然哭了起來，等到正在吃飯的爸趕來抱過去才算不再哭。此後好久「娃娃」都不肯爺爺抱，媽回來時奶奶睡了。「哲哲」也睡了，媽媽想等著「哲哲」醒來餵飽了牛乳才走，「哲哲」遲遲不醒，等了爸媽二人一走不久，才哭醒，幸好小姑回來，幫爺爺把「哲哲」餵奶。媽今天把「哲哲」的照片拿回外婆家，大家都說「哲哲」長的很可愛，媽媽很高興。

九月五日

星期六．下午雨

今早起得很早，五點就醒來，吃了30cc，到六時四十分又醒，泡了120cc吃剩40cc。吃完抱了一下就睡了，抱出客廳，睡在嬰兒車上，八時小姑上班，七點奶奶出去買菜。

今早「哲哲」六時四十分醒來時，奶奶在廚房，爺爺起來先把你換尿布，先脫去了舊尿布才發現找不到新尿布，等到別的房間找到了新的一包，抽出了一件回來，發現你竟已小便出來，把蓋被也弄溼了，只好攤開放在按摩椅上，奶奶曉得不免來了一頓責難。說小孩醒來，要先泡牛乳，喝完了讓小孩小便後再換尿布，不能先換尿布。

今天俗稱「開鬼門」，奶奶照例也拜拜，買了水果，雞魚外有啤酒，開喜烏龍茶，米，速食麵等。祭也稱「普渡」。爸媽都回來幫忙，二姑也從新竹打了電話，問奶奶如何拜。

股市大漲 220 點，奶奶前天以 57.5 買了台積電 5000 股，今天漲了一個停板 4 元，趕快叫小姑賣掉賺了 20000 元。

爺爺今晚有二位小學同學來家閒聊，到了十點才走。談一些「校刊」等事。

到了傍晚，雨停了，爺爺約好朋友，明早預備去新豐球場打球。

九月六日

星期日

今天爺爺打球回來，打開門，家裡好安靜，「哲哲」在客廳的嬰兒車上，媽媽在旁邊的沙發上看你，看到爺爺回來，趕快示意爺爺輕聲一些不要吵醒「哲哲」，爺爺只好躡手躡腳把換洗的衣服送到洗衣槽邊去，爺爺也在橫著的沙發上躺著，二人共同的在看顧「哲哲」。星期天家裡很熱鬧，有「哲哲」父母，爺爺，奶奶，還有小姑在家，奶奶很高興有這麼一個和樂的大家庭。奶奶說，每天家庭有那多人就輕鬆多了，每人輪流抱了一下，大家就不那麼累了。

九月七日

星期一

今晚奶奶與爺爺二人抱著「哲哲」洗澡。

奶奶今天料理了「哲哲」的大便後，忽然說了一句：「哲哲看來不笨，似很聰明的樣子」爺爺問「何以見得？」奶奶說「大人為催哲哲大便『嗯，嗯！』作聲，哲哲接著馬上也『嗯，嗯！』，跟上並且用力大便，可見學習能力很強」，「很懂人意」。

台灣股市今天又漲，已連漲三天了。

來家幫忙的清潔婦說「你看來膚色很白，很漂亮。」晚上吃奶，沒吃幾口就不吃，好像有嗆到的樣子，換了一個奶嘴就好了，原來的奶嘴是不是吸口太大了？

九月八日 星期二

今天股市又漲，已經第四天了。寶來從最低點 23.5 今天一度到 29.9 收盤 29.1，漲幅已有 26%。

爸爸和媽媽今天回來看「哲哲」。今晚洗澡時發現「哲哲」兩胯下成紅色，疑是尿布摩擦所致，所以換新尿布時放鬆多一些，不料後來尿時漏濕了衣服。原來替代的衣服二件不夠用，另外拿取奶奶自美國達拉斯帶回新衣服。大姑和多多表姊自美國打電話回來。

九月九日 星期三

以前雙手經常緊握著拳頭的，這二天手掌已張開了，只是牛乳喝的並不多，嫌不夠一些。媽明天下午準備帶「哲哲」到仁愛醫院打預防針。

奶奶發現「哲哲」經常把右拳頭放在嘴裡吮吸，而未曾用左拳頭。

九月十日 星期四

往仁愛醫院打三合一預防針包括破傷風，白喉。體重五千四百公克，身高 61cm。

醫生說：「哲哲」有皮膚過敏症。所以從前我們認為穿太厚太熱生痱子，是錯的，吃的牛乳粉牌子都可能要換。

九月十一日 星期五

今天洗澡依醫生的指導，沒有用肥皂，只有清水多洗幾次，紅斑顯然好多了，Baby 也看起來安適平靜，還頻頻有笑容出現。

九月十二日 星期六

今天早上雨很大，爸爸去打球。八時吃了 80cc 十二時又吃 80cc。媽媽早上有彩排，晚上有演奏會。

九月十三日 星期日

「哲哲」很喜歡被人舉高起來，他很高興站在兩腳上，雖然雙腳都尚未十分強健獨自站立，睡前他會打呃，而打呃打的很久，將近十分十五分之久，也很聽人給他講話。

九月十四日

星期一．晴

早上奶奶出去到國泰醫院，爺爺留守看顧「哲哲」。下午爺爺出去，奶奶一個人照顧「哲哲」。兩腿鼠蹊部份的紅腫，擦了自醫院要回的藥膏後，今天已經好多了，今天一天爸媽都忙沒有回來。

九月十五日

星期二

最近情緒較穩定了，不會亂哭鬧，有哭大都有一定的訴求。最多是時間到肚子餓了要吃牛乳，不然就是屎尿，要不就是要睡了。七時四十分左右，玩的好好的忽然哭起來，其餘沒有什麼異常現象，猜是肚子餓了要吃。看看奶奶之記錄，上次吃的時間是三時 90cc 趕緊泡了 120cc 牛乳餵，果然就不哭了，可是只吃五分鐘，以份量算剩下 60-70cc 就不吃睡著了。等了片刻放下嬰兒車，安祥的也睡著了。小姑準備好上班，剛剛開了門就出去八時。奶奶去國泰醫院，她弟弟病情，據醫生告訴滋彥叔公，肝癌之可能性很大，而原病非發生於肝本身，是外來侵蝕的。目前尚要多休憩，不能抽煙，不能喝酒。奶奶告訴了她大弟，其餘的親人包括病人本人都不敢洩露病情之嚴重性。

今天媽媽回來，趁奶奶疲累打盹之時間，單獨替「娃娃」洗澡。她說，因為沒抹肥皂，所以身體沒有那麼滑，比較容易抓的穩，晚上爸媽約

九月十六日

星期三．下午雨

好有回來，很想念「娃娃」。

今天奶奶試著把「娃娃」的睡姿改一改，希望頭形不會太扁，稍成長形好看一些，另一面又怕趴著睡會阻礙呼吸，一夜都不敢瞇眼。

今天下午外婆帶中秋月餅來看「哲哲」，外公開車，沒地方停車只好停在「7-11」停邊之路口等外婆。外婆自「仁愛醫院」之產房看過以後就沒看過。所以看過第一眼就叫「好大！」，「好漂亮」。外婆和奶奶聊了一二十分鐘才走。外婆說，最近在準備改裝商品之瓶裝忙，為此和商家接觸，發現目前之設計都用電腦，從電腦中可以看到所設計之立體外貌，還有顏色，色彩很漂亮，讚嘆社會進步得好快。

這幾天美國總統克林頓的緋聞是國際新聞之焦點，為克林頓該不該下台是爭論之所在，此外目前之國際金融紛亂也成爭議，是不就能平息或還會擴大變為更加嚴重，大家都不無疑慮。

晚上小姑銀行之朋友雅玲和另一位藉遊通化夜市與找租房之便來訪，

從嘉義調上台北工作，租一間房月租就要六千元之多，負擔不輕。

本棟大廈隔壁有一家法院公告之拍賣房屋，權狀 55.3 坪，低價 1160 萬元，小姑去銀行打聽內容，看值不值得去標購它。

九月十七日 星期四

小姑自辦公廳回來，聽說該法拍屋帶有長期租約，讓租戶遷移是件麻煩事，投標者必定有所顧慮，到時 (9/24) 投標不一定太踴躍。

九月十八日 星期五

今天媽晚飯前回來，不久爸也自辦公廳直接回到家裡來。小姑也回來。大家圍著「小寶寶」好不熱鬧。「寶寶」雙頰鼓起來，側面看來有些像電影界之緊張大師「希區考克」。媽好不容易把「寶寶」哄睡，十時才離開。

九月十九日 星期六

早上六點多醒過來，六時三十分泡牛乳 150cc，胃口很好都吃光，奶奶留下「寶寶」七點離開家，今早她弟弟要出院，到國泰醫院去幫忙辦出院手續。把「寶寶」抱抱，背上拍拍，走走，七時半入睡，放下客廳的嬰兒車，肚皮上蓋一蓋，電風扇也都停了，早上陰雲滿天，沒太陽，媽中午時分會回來。

早報報導，美國眾院否決了，總統提出撥出180億美元給IMF供營救世界金融危機之提案。不過參院支持該提案，總統可能否決眾院之決議，挽救該提案。全球股市今天或有波動。

晚上爸媽約好了朋友。為專注「寶寶」忘記回家，直至朋友打了電話催趕才想起。

九月二十日

星期日

今天奶奶依然往三重埔，所謂「三嫂」家打牌。按吩咐爸九點前即回來接班看護「哲哲」。媽有學生上課，中午後才回來，爺爺也沒去打球。

「哲哲」最近常會把頭左右擺動之習慣，還有把右拳頭送進嘴裡吮吸之動作。

九月二十一日 星期一

今晚爸媽小姑都沒回來吃晚飯，奶奶也不用操心燒飯，從外面買幾枚簡單的回來充饑。

晚上「哲哲」不睡哭個不停，奶奶想起古老帶小娃娃之方法，用兩條毛巾接起來，圍作背帶背了「哲哲」，很奇怪「哲哲」也能接受，就不哭了，在奶奶背上直笑，奶奶也覺很好笑，可是不久背帶滑下，「娃娃」的手溜出背帶，覺得要掉下來的感覺，所以也就放下。

九月二十二日 星期二

今早清潔幫傭來，奶奶告訴她昨晚使用背帶之經過，說不很順利，似有不對之處，幫傭說：娃娃背後應把毛巾攤開並交叉才好。

下午奶奶去國泰醫院，舅公今午要動手術，作「拴塞」之醫治肝病。媽說，她嬸嬸（娘家）發現有乳癌動了割除手術，還有她娘家大姊夫之媽媽也患癌症。

上星期六，奶奶和小姑出去買回來果汁機，準備給奶奶打馬鈴薯汁喝，據說對慢性病有很好之療效，爸爸媽媽也在喝，這種療方是從外婆處傳來的。

早上媽打電話來說，媽爸兩人都喉嚨痛，似乎患感冒，問「哲哲」情形如何，是否感染到？爺說目前情況良好，並無情況並熟睡中。媽吩咐要注意觀察，如有異常要多喝水，爸媽兩人目前都沒有發燒現象，只喉嚨痛。

奶奶下午去買「娃娃」溼疹用之藥，還有日製背袋 baby carrier。「哲哲」一下午吃飽睡飽以外，愛人抱著走，也很愛動，如抱在膝蓋上就想力爭站起來，兩腳拼命用力蹬，如能助力讓他站起來，或抱他舉高高就很高興。反覆教他發音：「媽咪呀，噢」他就稍有發音，並且嘴嘟起來想要發音之模樣，情狀又像很高興，有笑容。

九月二十三日

星期三・晴

今天下午奶奶把「哲哲」放在太師椅上睡，看著不知不覺累了，也就跟著睡了，不久忽然醒來，發覺「哲哲」居然翻身翻滾了一圈了。

九月二十四日

星期四・晴

為了感冒怕感染到嬰兒，爸媽好幾天沒有回來，今晚雙雙帶了口罩回來看「哲哲」。

「哲哲」今天下午直到晚上吃乳吃得較少。

九月二十五日 星期五

嬰兒很喜歡「洗澡」，對「水」不像大人，具有恐懼。洗澡時嬰兒放進水中，眉頭皺一皺都不會，看起來也很舒服，真的得其所在的樣子。

九月二十六日 星期六

從早一直下雨，而下的很大，有的地方據報導甚至有淹水之情況（如汐止鎮）。

今晚「哲哲」父母走了不久，抱著「哲哲」坐在電動按摩椅上看電視，忽然大叫一聲即哭了起來，其實在電視上並沒有使得嬰兒會驚嚇的鏡頭或聲音。在這之前，「哲哲」也很愉快的和爺爺玩。奶奶趕快抱過去「哄」然仍舊不肯平靜下來。無計可施之下，爺爺再抱回去，背上沒拍兩下，突然就不哭了，嬰孩的情緒有時真深不可測，真不知原因。

九月二十七日 星期日

奶奶早上去「呂媽媽」家給「呂玫姿」生女兒送禮。昨今的大雨停了，可是公園樹上的水滴仍在滴，路上也溼，下了一陣雨，秋意漸濃，天氣涼爽很多，路上行人之衣著就與前一陣子不一樣。

雨似停又下，如已進入雨季。

九月二十九日 星期二

晚上媽回娘家送中秋禮，紅酒二瓶餅一盒。

九月三十日 星期三

小姑回來。晚上外公與外婆來訪，每人都把「哲」抱了一下。

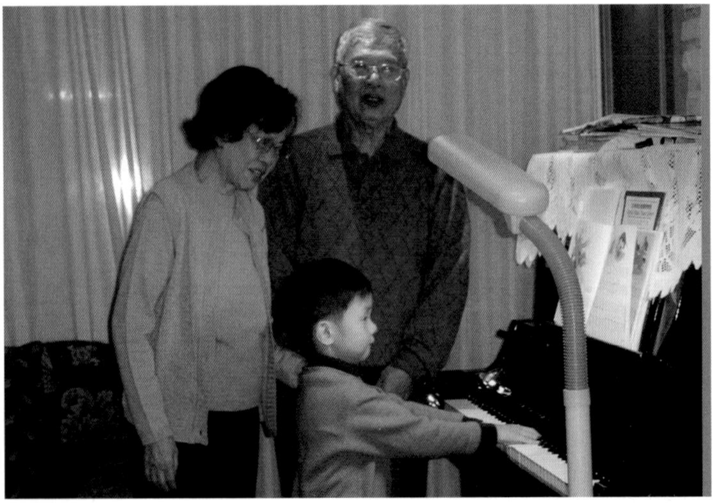

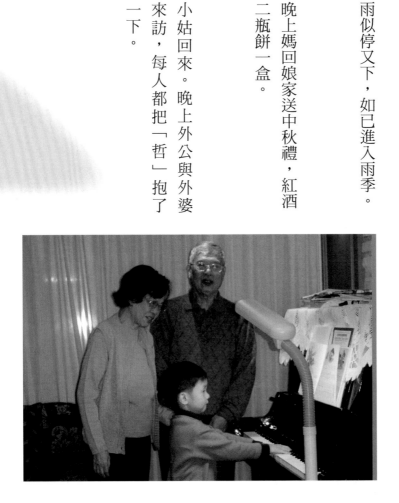

十月一日 星期四

奶奶一大早即到舅公之工廠「重鉅」拿資料，替工廠製每月之薪水表。

十月五日 星期一

今天是「中秋」也是「哲哲」的第一個中秋節，可惜月亮不捧場，因雨未露臉，盼望賞月的人都失望。

媽媽「承儀」今午為「哲哲」彈鋼琴。

最近大家為「哲哲」牛乳之食量少而耽心是否有那裡不對，媽媽問了醫生，可能睡眠不足，也可能不定時定時餵乳的關係，因人食量也可能不同，反正不是嚴重的問題。

最近「哲哲」的運動力增強，在抱著的時候，忽然猛得會把頭往後搖幌，一不小心會來不及應付。

十月六日 星期二

春雨綿綿下不停，這幾天常常流著滿嘴的口水，媽媽把「哲哲」抱在膝蓋上彈鋼琴給「哲哲」聽，媽媽笑說：還早，還沒任何反應。

十月七日

星期三．又雨

二姑姑回來，和爺爺，奶奶輪流抱「哲哲」所以較輕鬆，尤其二姑姑「紅」很會逗小孩玩。

今天「哲哲」在太師椅上翻，拼命用力想翻過來。如大人助力就可以翻過來，趴在椅子上了，趴在椅子上看起來似乎很舒服，保持那姿勢很久都不想動。

今晚媽有「演奏」八、九點才回來，明天又有演奏，可能又會晚一些回來。

十月十日

星期六

今天晚上洗澡時，奶奶發現「哲哲」的「小鳥」有突出物似「脫腸」之現象並發青，發腫少許。

全家上下慌亂一陣，找親友打電話，忙個不停，害的爸爸的堂弟「阿銅」也趕來家裡看，最後還是找了在「仁愛醫院」工作的「外公」連絡，由爸爸媽媽二人送去醫院急診室看了後才放下了心，預定星期一再正式掛號門診，商妥小兒科主任親自仔細診察。

十月十一日

星期一

今早由「哲哲」外公安排，依約爸爸媽媽都請假，十一時半到仁愛醫院，帶「哲哲」看小兒科主任。

醫生判斷並不是「脫腸」卻是「陰囊積水」是嬰孩常有之現象，並沒帶回任何藥物，也沒動任何手術。

十月十三日

星期三

今早奶奶鄰居的理髮師「小鳳」來替「哲哲」理出生以來頭一次頭髮。剪下來的頭髮很少一小撮頭髮，放在紅包裡留下來做紀念，媽媽回來一看很驚奇，趕緊打電話給爸爸買回一卷底片，給「哲哲」攝下這一天的紀念照，頭髮一理頭形顯出，奶奶說比以前好看，理髮師也說很好看，小姑說，酷像剛受過「管訓」出來的受刑人。

十月十四日

星期四

電視報導「瑞伯」颱風來襲，屏東出現強風大雨。其次，辜江會晤在上海今天開始上演，市長選情最近為「族群」問題，亂成一團。今天小姑沒上班，奶奶叫她把嬰兒車的後背豎起來，也把腰帶整理好，可以讓「哲哲」在嬰兒車內坐直。「哲哲」坐的很挺也很高興的模樣，

十月七日 星期三．又雨

只是腰骨應該仍未十分堅硬，不敢讓「哲哲」坐太久，怕傷幼嫩的腰骨。「哲哲」的笑聲，變的很大了，如把他用雙手舉起來，他會手舞足蹈，笑的「吃吃」好大聲，真逗人。媽媽今晚在家有「五重奏」之練習不能來，只有爸爸來，奶奶今天累了沒給「哲哲」洗澡。奶奶頻叫身體不適，常流汗。

十月十五日 星期五．雨

風力不大，然颱風帶來的雨卻下個不停，中午奶奶去「上闔屋」參加同學會，並帶回二份「玫姿」滿月之油飯和蛋糕。

十月二十日 星期二

今日菲傭克莉絲蒂到來上班，爸媽和小姑三人到仲介公司把她接回，於廚房內準備一房，放床與燈安置她。

十月二十一日 星期三

奶奶去市場買洗臉盆與漱口杯給菲傭，又從小店叫二箱可樂與烏龍茶。

十月二十二日 星期三四

今日小姑去香港參加朋友之婚禮。

十月二十四日 星期六

今晚爸爸朋友林峰正、賴律師夫婦、楊志宏夫婦等來家喝酒聊天，至午夜後始離走。

十月二十五日 星期四

今日是奶奶之農曆生日，二姑與姑丈從新竹來為奶奶慶賀。媽買了蛋糕，晚餐後彈鋼琴，「祝生日」歌為奶奶慶賀，又以「哲哲」之名送花給奶奶。今晚小姑自香港回來。

十月二十六日 星期一．雨

帶菲傭出去買郵票，寄三封信，一封是寄台中妹妹處，另二封寄回菲律賓。菲傭喊喉嚨痛，爸去買藥給他吃。

十月二十七日 星期二

小姑今天出差南投，「哲哲」這幾天似乎開始「認人」。前天鄰居理髮師來訪找奶奶，看到「哲哲」長得白白胖胖覺得可愛，伸手想抱「哲哲」，不料「哲哲」突然大聲哭了起來，把大家嚇了一大跳。星期天二姑回來時也發生類似之事，其實二姑是很會逗小孩子的，和大姑的女兒「多多」相處的非常好，常叫「多多」漂亮又乖巧、聰明，是她的「心肝寶貝」。這次回娘家來，隔只不過一個禮拜多一些而已，以前抱「哲哲」抱的好開心，這次不知怎麼，伸手想抱也突然哭將起來，二姑戲說：那麼愛你抱你，真忘恩負義，沒心肝。可是與菲傭（克莉絲蒂）就沒那回事，奶奶笑說：「哲哲」好像有一點生怕這新來的菲傭，這菲傭據說：生過三個小孩，帶小孩經驗豐富，手勢純熟的緣故也說不定。一點不敢鬧。「哲哲」最近口水流的多，台語稱「豬哥涎」，有時看見「哲哲」嘴邊有白口沫，找了紙或紗布巾想揩掉，一回頭不見了，大概又吸回去了。

最近「咯咯」的笑的很厲害，一笑兩眼「咪咪」幾乎成一條線，很像媽媽「承儀」。

今晚，把「哲哲」哄睡了後，「哲哲」的爸爸與媽媽，爺爺奶奶四人分吃了二顆木瓜，木瓜夠熟，很甜美，媽媽把吃完的盤子四個，湯匙四根，收拾到廚房才和爸爸一起走。菲傭叫有時肩膀會稍痛，不知是不是傷風吃藥的關係，藥中如含有「唉咈佗林」就會如此藥效。

翌年

一月十四日

星期四．陰冷

「哲哲」今天居然能坐起來了。奶奶屈指算一算「哲哲」只有六個月過二天而已。下午奶奶從房間叫爺爺與小姑姑：「趕快來！趕快來！看，哲哲坐起來了」。我們趕了過去，「哲哲」穩穩地坐在床裡，還在伸手玩 Lego 的玩具，抓了玩具往嘴裡放，同時，奶奶也發現「哲哲」長了牙。

早上奶奶出去買菜，菲傭「克里斯汀」帶了「哲哲」出去盪秋千。沒推出嬰兒車，媽媽曾經說這麼抱著走似乎「哲哲」會感覺較有安全感，比坐在車上好，其實好像菲傭自己想去公園盪秋千玩似的。

可是「寶來」股價今天收了新低十九元九角。

四月二十日

星期二

今天下午媽媽帶你去「仁愛醫院」打「麻疹預防針」，菲傭帶你也一道去，據說，你到醫院一坐下來就哭了，似乎已經知道要打針，皮肉會挨痛了。醫生吩咐要多喝水，四天到十天內可能會出疹，也可能發燒，發燒時還要到醫院看醫生。今天外面風大些，可是又怕你太熱，也不敢讓你穿太多太厚，因為你外公在「仁愛醫院」工作，人面熟，一切都預先安排好，所以媽媽開車了回來，在樓下一按喇叭，準備好的菲傭就把你抱下去，一直到回家來，費不到一個鐘頭。

最近一、二個禮拜，周末都由你父母帶回愛國東路家過一、二天，到星期日晚上，九、十點才又帶到基隆路來，愛國東路家即在中正紀念館旁，父母要帶你到這廣場散步極為方便，遠來的很多。何況你們住的那麼近，實在沒有不利用這公共設施之道理，你父母也聽說，小孩不自己帶，不常抱抱，相接觸，父母子女之感情會逐漸疏淡，所以特別珍惜這和你相處的周末時間，小孩在父母身邊是最為幸福的。

四月二十二日
星期四

下午奶奶的朋友來家打牌，晚上你媽也回家來。

四月二十三日
星期五

今天桌上有紅色喜帖，顏色鮮艷，你直想拿來玩，爺爺就讓你拿在手，放進嬰兒床裡，轉眼不久，爺爺發現紅信封之角邊被你啃了一小塊，結果傍邊床裡並沒有你啃下來的紙片紙屑，斷定必然是在你嘴裡，趕忙叫菲傭來淘你嘴巴，果然就淘出了好幾塊紅紙片。

你到爺爺奶奶的床上來，最抓的是電視的遙控器，或許你看大人每天就拿著遙控器看電視撥換頻道，有樣學樣，就學起來了。其次奶奶床邊有一盒面紙盒，你也很喜歡拿來床上翻翻滾滾，好像小狗或小貓翻滾小木頭或罐頭空罐一樣。再來你喜歡的就是奶奶床邊的鬧鐘，金黃色閃亮，容易引起你的注意，因為鬧鐘是金屬製作又有銳角邊，怕你不小心頭臉往上砸，傷了就不好，所以我一直不肯，奶奶說不會。

今晚你爸先回來吃飯，不久媽打電話進來過後的半小時就回來，看看檢查菲傭餵你吃奶的情形。今朝六時許就醒來，尿布裡一大包大便，換了，你看來就舒服多了。菲傭餵你吃奶，哄你睡，你父母就走了。

大約九時半，菲傭剛準備要去倒垃圾。二位姑姑和奶奶出去買沙發床，新竹的二姑姑懷小孩，預產期在七月，她想回來台北奶奶旁邊，有人照顧，起碼心理上有倚靠，增加安全感。我們也聽說「米酒」因稅則更改，即將漲價二倍以上，所以開始屯積「米酒」為二姑姑「做月子」。大家聽新聞報導「米酒」漲價，都搶購，所以店裡每人限購只有二瓶。奶奶說，我們需要足六十瓶才夠用。

今天下午寶來證券公司的翁主任祕書來家，收五月十二日要開股東常會的出席委託書，並帶來紀念品「沐浴鹽」一箱和酒二瓶，爸帶二十包回去，爸說，他喜歡和「哲哲」一起在洗澡缸裡泡澡。媽媽也喜歡參加，三人一起洗，和你玩耍。

四月二十四日

星期六

昨夜十二時前後，從睡中突然驚醒大哭一場，不知原故。爺爺奶奶都嚇了，小姑也起來看你，一臉就很耽心的樣子，幸虧奶奶哄了你一陣，看看餵奶之記錄，不像是餓，尿布也沒問題，也沒有發燒或其他異常情形，大約過了半小時才又睡了，哭聲很大很驚人，可是中間會稍停一分鐘、二分鐘才又哭。帶嬰孩耽心事真多，傷神。爺爺奶奶又年老，體力不如年輕時之壯。可是你帶給我們老人家的快樂也真多，你一笑多迷人，眼睛成一線，很像你媽。

今早六時多又醒一次，哭鬧了半小時又睡。奶奶泡了半瓶牛乳餵你，爺爺抱你一陣放下床。

現在長了牙齒上二顆下二顆，開始嘴上經常有口水流不停奶奶買了很多紗布圍著膀子，也買了「圍兜兜」，這次到美國大姑姑家，上街逛百貨公司，每看到就買，買了一大堆回來。長了牙齒，你就咬東西，拿了什麼東西都想拿到嘴咬咬看，試看究竟。昨天拿了紅喜帖往嘴裡送，就是其中例子之一。小姑買硬皮之識字圖畫書，四角也都被你啃的不成形。拿了你喜歡的遙控器，也一樣往嘴裡送。爸爸說，你拿了「舒潔」面紙也把手往裡面掏，掏出了面紙就往嘴裡送。

最近又學會雙手舉高做「萬歲」狀。也學會了「親親」，親親媽媽，也親親爸爸、奶奶，更喜歡咬媽媽的鼻子。小姑姑拿了「小米老鼠」給你玩，你也拿了一抱就咬「米老鼠」的鼻子。此外看誰抱，就咬誰。咬肩膀的衣服，有時透過衣服，牙齒會進入肉裡，很痛。

早上將近中午吃飯時分，你爸爸回來。吃過飯，你剛睡醒爸爸拼命逗你，你尚未完全醒過來，一時還認不出是爸爸。在客廳大家在看電視，聽老歌星唱四五十年前的老流行歌曲，你也兩眼注視著電視，聽老歌星唱四五十年前的老流行歌曲，你也兩眼注視著電視。在爺爺懷裡，看都不看爸爸一眼。小姑坐在客廳沙發上，一面看電視一面逗你，戲笑你，昨夜哭了那麼大聲，為什麼哭，下次再哭就把你丟進垃圾堆裡。你不解意，還伸手要小姑抱。

媽媽今晚在「大安森林公園」有音樂會「市交」要演奏。最近露天演奏很多，媽媽很忙，沒時間回來抱你，抱你這「媽媽的寶貝」。

四月二十四日 星期六

日記就停在這個日期。
之後，父親就沒再寫這份日記了。
也許因為外傭就照顧孫子上手了，也許他自己就忙別的事了。

而哲哲幼年對爺爺的記憶是：
爺爺帶著他坐捷運，上幼稚園。
哲哲做了黏土的點心給爺爺，而爺爺誤以為是真的而咬了下去……等等之類的

這是父親的遺物裡，第一個讓它完整的計畫。
也很開心讓天堂的父親完成了出書的計畫。
謝謝益青及尚謙的幫忙讓這個心願達成。

時得

告別　文

親愛的 Daddy

這幾年的臥病在床　真是辛苦你了　感謝老天　現在終於解脫了
不用再面臨動不了身軀的痛苦

你是我們最愛的 Daddy　也是令我們驕傲的爸爸

從小你就是我們四個孩子心中的偶像

在那個艱苦的年代　每次學校要填家長的職業時　我們都會很得意的填上　美國花旗銀行
而且最吸引我們的是小孩子的福利
第一次看到拐杖糖
第一次看到迪斯奈的卡通電影
第一次在襪子裡期待聖誕老公公的禮物

漸漸長大　覺得你幾乎無所不能
登山　游泳　釣魚　上山　下海　到處有你的蹤影

年紀小小的我們　有時候也可以隨著你四處去冒險
我們的游泳是你教的　下象棋也是你教的
甚至孫子的棋藝也是你教的

你一手漂亮的書法　讓我們每學期開學的牛皮紙書皮上寫上　魏碑字體的　科目及姓名
感覺開心又驕傲

慢慢的　我們又長大了些
你去沙烏地阿拉伯的常駐出差
也拉開我們認識中東及歐洲的序幕
雖然我是役男無法出國　但是媽媽姐姐跟妹妹們都躬逢盛會

你有語言天才　精通　國台語　客語　英語　日語
而每去一個國家回來　常常津津樂道告訴我們　那個國家語言有趣的地方
甚至病重神智不清之時　看到我們就說國語　看到長輩就　台語客語日語混着說　看到醫
護人員說英語

弄得我們哭笑不得

家裡牆上掛的畫　有名畫的複制品　你也會告訴我們每個畫的故事
甚至到了退休後　你又獨自一人飛去巴黎　去羅浮宮去欣賞你愛的藝術品　去看你愛的馬蒂斯作品

您個性幽默風趣　謹慎　正直　又浪漫　也讓我們感受到是多麼的與眾不同與驕傲啊

你喜歡看書　藏書　搜集古錢幣
常常帶我們去舊書攤找書　找古錢　也養成我們看書的習慣

你有很多豐功偉業都很少告訴我們
大部分都是在我們長大後才聽說　才明白的

原來　在金融界　您的能力與輩分是如此的崇高呀
許遠東是您的摯友　彭淮南是您的小老弟

原來聯電也邀請過您擔任他們的財務長

原來　在台灣民主的道路上　您也協助過籌措經費的工作

也幫 CNN 記者報導時　幫助翻譯與潤稿

Daddy 呀　您是慈祥又偉大的爸爸

您有太多太多的東西 都讓我們說也說不完

有太多太多東西　讓我們兒女感到望塵莫及呀

今天是你的告別式　我們對你有好多好多愛　要告訴你

也要你知道　即使你離開我們　你留給我們所有的快樂的事　我們都不會忘記

也不想忘記

我們感謝老天讓你成為我們的爸爸　成為我們最愛的 Daddy

也祈求佛祖　帶領著你　去西方極樂世界　好好休息吧

國家圖書館出版品預行編目 (CIP) 資料

爺爺的育嬰日記 / 黃耀權作 . -- 臺北市 ：黃時得，2022.03
面； 公分

ISBN 978-957-43-9819-5(平裝)

863.55 111001995

爺爺的育嬰日記

作者：黃耀權

出版人：黃時得
地址：台北市基隆路二段 132 巷 23-2 號
電話：02 27381770
聯絡方式：petergogo@gmail.com

美術編輯：葉尚謙
行政統籌：葉益青
攝影：賴承儀

出版日期：2022 年 05 月 01 日
定價：平裝 300 元